小白楊出版社有限公司 / 策劃

蔡嘉亮 / 著　劉集民 / 編輯成員

# 春秋戰國成語有故事

新雅文化事業有限公司

www.sunya.com.hk

# 編者的話

## 學習語文與歷史：相得益彰

「四字成語」，是構成中國語文的重要成分，言簡意賅，四字成章。熟悉成語，日常說話，書寫作文，隨手拈來，可抵千言萬語，而且會意深遠，蘊味無窮。

中國成語的構成有多方面的內容，出於中國歷史故事的尤多。學生多認識些成語，不僅可提高中文的水平，兼且可熟悉多些中國的歷史，一舉兩得，相得益彰。

「成語有故事叢書」，乃精選由先秦到魏晉南北朝時期，最為豐富多采的歷史故事成語組成四冊，以供學生閱讀學習。

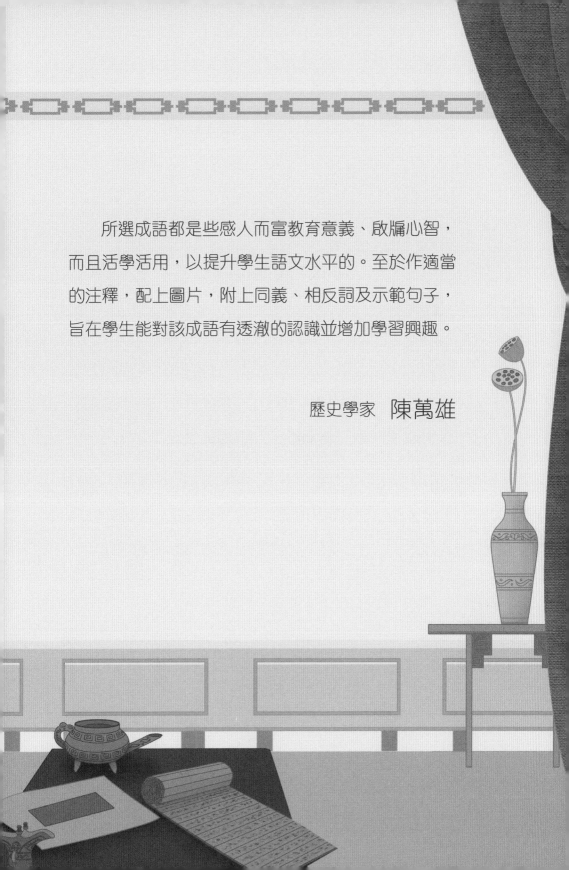

　　所選成語都是些感人而富教育意義、啟牖心智，而且活學活用，以提升學生語文水平的。至於作適當的注釋，配上圖片，附上同義、相反詞及示範句子，旨在學生能對該成語有透澈的認識並增加學習興趣。

歷史學家　陳萬雄

# 引言

公元前約 770 年，「西周」平王東遷洛邑，史稱「東周」。但周天子再無能力號令諸侯，於是出現長逾 500 年的羣雄爭霸，諸侯國互相吞併的戰亂局面。與此同時，也是中華文化思想百花齊放，大放異采的時期：孔子、孟子宣揚仁德治國；老子、莊子推崇無為而治；墨子提倡兼

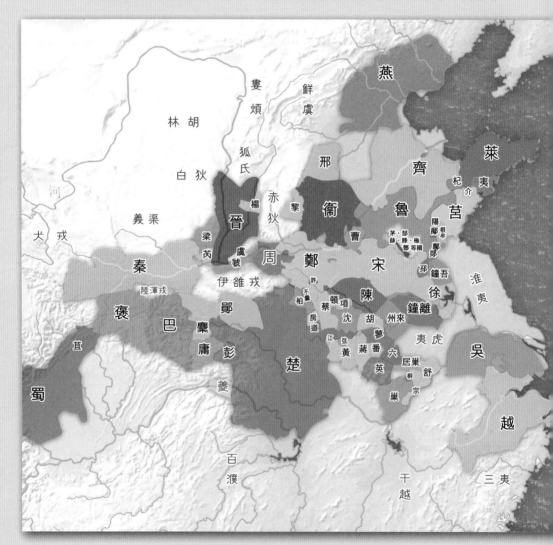

公元前 660 年，春秋形勢參考圖

愛；李斯、韓非主張以法治國，以至呂不韋講求兼容各家學說等等。

　　孔子晚年編纂《春秋》，西漢時期，劉向編寫了《戰國策》，後世又稱東周的前後期為「春秋戰國時期」。

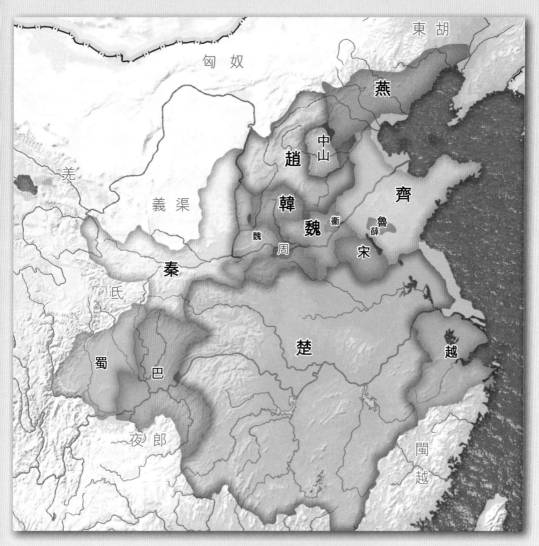

公元前 326 年，戰國形勢參考圖

# ❈ 目　錄 ❈

附注：先秦時期，許多人物的姓名與我們常見的不同，
本冊特加上專名號，便於識別。

亂臣賊子

春秋時期，國與國之間互相攻伐，國家內部亦出現君臣、父子、兄弟相殘。魯國<u>孔子</u>周遊列國，宣揚「仁」、「禮」，可惜無功而還。回國後，他痛心禮崩樂壞，晚年編纂《春秋》[1]，記載魯國國君與其他國家國君的活

注釋

[1]《春秋》：記載魯國隱公元年（公元前722年）至哀公（公元前481年）間的歷史。春秋時期是因孔子寫《春秋》而得名。

動大事。孟子形容《春秋》是令犯上作亂的人害怕的經典。

孟子出生於戰國中期，他繼承和發揚孔子的思想，也帶着學生遊說列國國君以仁德治國。有一次，孟子的學生公都子問道：「老師，外面的人都說你喜歡辯論，為什麼他們會這樣說呢？」

孟子回答道，自己不是喜歡與人辯論，只因為要捍衛聖人的言論，才迫不得已與人辯論。他說：「堯帝、舜帝去世後，聖人治國愛民之道衰微了，暴君接連出現。世道

衰微，妄邪的學說和暴虐的行為隨之出現，大臣殺君主，兒子殺父親的乖妄之事一再發生。<u>孔子</u>大感憂慮，便著述《春秋》，記載天子的事，所以<u>孔子</u>說：「能令世人了解我的，相信只有《春秋》，令世人責怪我的，恐怕也是《春秋》了。」

　　<u>孟子</u>繼續說：「<u>孔子</u>編寫《春秋》而令亂臣賊子害怕。《詩經》上說：「擊退戎狄，嚴懲楚人，就沒有人敢抗拒我。」目無君主、父母的人，是<u>周公</u>要痛斥抨擊的。我也想端正人心，遏止邪說，抵制放縱、偏激的行為，以此來繼承大<u>禹</u>、<u>周公</u>和<u>孔子</u>三位聖人。我哪裏是好辯論呢？我只是迫不得已。」

| 釋義 | 亂臣賊子——亂臣，叛逆的臣子；賊子，不孝子孫。指圖謀不軌，造反作亂的人。 |
| --- | --- |
| 例句 | 出賣國家的亂臣賊子，絕不會有好結果。 |
| 故事出處 | 《孟子·滕文公下》 |
| 近義詞 | 逆臣賊子 |
| 反義詞 | 國家棟樑 |

勞而無功

魯國孔子準備西行到衛國，遊說衛國君主推行仁義之道，他的弟子顏淵問魯國太師金此行會否成功。太師金說：「可惜呀！孔子此行恐怕會遇到困難啊！」

顏淵問：「怎麼會呢？」

太師金說：「用草編織成

的芻狗[1]，在準備拿去祭祀前，人們會將它放入竹筐，為它披上繡巾。祭師會齋戒沐浴，隆而重之地抬去祭神。但祭祀完畢，它就會像垃圾般被棄於路旁，任人踐踏，或被人撿回去炊火煮飯罷了。

顏淵不大高興地說：「你怎可以拿芻狗和夫子比較？」

> **注釋**
>
> [1]芻狗：古時用草編織成的狗，供祭祀用。用完即棄，輕賤沒有價值的東西。

太師金說：「我絕無不敬之意。只是，你的老師現在就如芻狗一樣，帶着眾多弟子周遊列國。在宋國一棵大樹下講習禮法，但大樹被砍伐；在衛國，他所到之處，衛國官吏都一一剷掉他的足跡；在陳國和蔡國之間又遭到圍困，整整七天不能生火煮食，徘徊於生死邊緣。船在水上才能划行，強行推上陸地拖行，就不能走得太遠。時代不同就像河流和陸地，周和魯就像船和車。想在魯國推行周王室的仁義禮制，那就像陸上行舟，勞而無功，甚至連自己也遭殃。他完全不懂得萬物變化無窮的道理，需知道要懂得靈活變通，順應時勢的道理啊！」

太師金又說：「三皇五帝推行的禮義法度，也是因時而異，但求能治理得宜。禮義法度，都是順應時代而有所改變。強行給牠穿上周公的衣服定然事與願違。時代變遷，就好比猿猴和周公的差異。你的老師一定會遭遇厄運啊！」

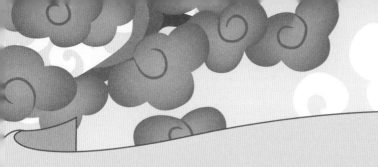

| 釋義 | 勞而無功——付出了勞力，卻沒有半點功效。 |
| --- | --- |
| 例句 | 你只靠一股蠻勁埋頭苦幹，隨時只會勞而無功。 |
| 故事出處 | 《莊子・天運》 |
| 近義詞 | 徒勞無功 |
| 反義詞 | 不勞而獲、行之有效 |

# 手舞足蹈

　　孟子是戰國時期著名的思想家、政治家和教育家。他繼承和發揚孔子的儒家思想，成為僅次於孔子的儒家代表人物，獲尊稱為「亞聖」。

　　孟子的成長過程中，最為人所熟悉的可能是「孟母三遷」的

故事。記載孟子三歲喪父，由母親撫養長大。初時母子兩住在墳地附近，孟子在耳濡目染下，常常學習別人祭拜。孟母遷到市集附近，孟子模仿別人做生意和學人當屠夫。孟母又搬往學堂附近。孟子看到什麼就學什麼，今次，孟子開始努力學習，讀書守禮。孟母也不用再遷居了。

孟子成長後，也像孔子一樣帶領學生們遊歷魏、齊、宋、魯、滕、薛等國，宣揚以「仁德」治國的思想。可惜

當時的大國都通過武力侵佔其他國家，沒有國君理會<u>孟子</u>的治國理念，<u>孟子</u>只好回鄉教導學生。

有一次，有學生問道：「老師，什麼是令人最開心愉悅的事？」

<u>孟子</u>說：「為人子女的，能夠切實認真地孝順父母，是仁德的表現；能夠真心順從兄長，兄弟和睦，就是道義。明白孝順父母、敬重兄長的道理而能夠堅持下去，是智慧的表現。做起來而不失禮節，態度恭敬，是禮的表現；樂於孝順父母，兄友弟恭，自己也會開心快樂。當快樂一產生，要抑制也抑制不住，就開心得情不自禁地手舞足蹈起來了。」

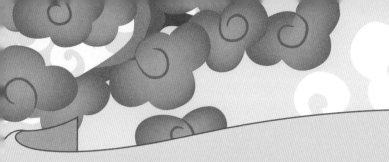

| 釋義 | 手舞足蹈——兩手揮舞，兩隻腳也跳起來。形容十分高興的樣子。 |
| :-- | :-- |
| 例句 | 弟弟的中文科考試取得一百分，他開心得手舞足蹈。 |
| 故事出處 | 《孟子·離婁上》 |
| 近義詞 | 興高采烈、歡天喜地 |
| 反義詞 | 悶悶不樂、捶胸頓足 |

明察秋毫

齊宣王想像春秋時期的齊桓公和晉文公那樣當霸主，於是向孟子求教。

孟子說：「以仁德治天下，以百姓安居樂業為大前提，就能統一天下。」

齊宣王說：「我做得到嗎？」

孟子沒有直接回答，先問道：

「我聽說過，有一天，大王坐在大殿上，看見有人牽着一頭牛經過，那人準備把牛殺掉後用作祭品。你看到那牛害怕得不停發抖，便命那人放掉牠，改用羊為祭品。有這回事嗎？」

齊宣王說：「有！」

孟子說：「大王有這惻隱之心[1]，就足以統一天下了。可是，大王既然可憐無辜牲畜，牛和羊又有什麼分別呢？」

齊宣王尷尬極了。孟子繼續說：「沒關係，全因為你

注釋
[1] 惻隱之心：指人見到不幸的事引起的憐憫心。

當時只看到牛而沒有看到羊罷了。」

齊宣王高興地說：「我明白了。可是，惻忍之心和用仁德治天下又有什麼關係呢？」

孟子說：「假如有人稟告大王：『我能舉起三千斤的東西，但無力舉起一條羽毛，我能看得到雀鳥秋天時新長出來的羽毛，但看不到滿車子的柴薪』。大王會相信嗎？」

齊宣王肯定地說：「當然不會。」

孟子接着說：「大王既然不忍禽獸受傷害，為什麼不能以仁德之心治理百姓呢？不能舉起一片羽毛，是因為不肯用力；看不見柴薪，是因為不肯去看；百姓得不到你的愛護，是因為你不肯施予恩德啊！所以大王未能做到以仁德統一天下，是不去做，而不是不能做。」

孟子鼓勵齊宣王以仁德統治天下，可惜齊宣王沒有聽從。不久，齊國在趙、魏、韓、楚、秦的壓力下，逐漸衰落。

| 釋義 | 明察秋毫——秋毫，鳥獸在秋天時新長出的細毛。形容目光敏銳，看到極其渺小的東西。現在多用來形容人能洞察一切。 |
|---|---|
| 例句 | 幸好警察明察秋毫，找出真正偷東西的人，還我清白。 |
| 故事出處 | 《孟子·梁惠王》 |
| 近義詞 | 微察秋毫 |
| 反義詞 | 目迷五色 |

因時制宜

　　滕文公是戰國時期滕國的一位賢君，他以太子身分出使楚國，途經宋國時曾兩次向孟子請教治理國家的方法。孟子鼓勵滕文公勤政愛民，實施公平的賦稅制度，給百姓安居樂業。

　　不久，滕文公派畢正拜見孟子，請教井田制度。孟子對畢正

說：「推行仁政，必須要從公平劃分田界開始。井田的面積不能平均劃分，用作官員俸祿的田租收入就不公平，這麼一來，暴君和貪官污吏定會破壞田地的界限。田界劃分正確，公平分配井田，毫不費勁就可以制定俸祿標準。」

孟子繼續說：「滕國土地雖然狹小，但也有官吏和農民。沒有官吏就沒有人治理農民，沒有農民就沒有糧食供養官吏。請考慮在農村實行井田制度，採用九分抽一的方法，在城鎮裏採用十分抽一的方法，使百姓自行納稅。公卿以下的官員每家享有五十畝土地，供他們祭祀時使用；

給未成年的男子各二十五畝土地。這樣做的話，百姓喪葬都不會離開家鄉。鄰里之間在同一井田耕種，出入相互結伴，守望相助，生病則互相救護，這樣的話，百姓自然就和睦共處，關係親密。」

畢正問：「請問先生，怎樣規劃井田呢？」

孟子解釋：「井田的方法是將一塊田畫為井字，每個井佔地九百畝，中央為公田，八家百姓各擁有私田一百畝。八家百姓必須先一同耕作公田，公田農事完畢，才各自耕作自己的私田。這樣先公後私的規定，就是用來區分官吏和百姓的分別。這是井田制的大概情況，至於如何因時制宜，按當時的實際情況推行，就得靠你的國君和你的努力了。」

| 釋義 | 因時制宜——根據不同的時間、情況，採取適當的應對措施。 |
|---|---|
| 例句 | 再好的政策也應因時制宜，因應時代、環境的轉變而修訂，才是最有成效的政策。 |
| 故事出處 | 《孟子·滕文公上》 |
| 近義詞 | 隨機應變、相機行事 |
| 反義詞 | 刻舟求劍、墨守成規 |

# 杯水車薪

從前，有一個樵夫到山上砍柴。他把柴枝綁好後準備運到城裏賣。中途經過一家茶館時，樵夫把那車柴枝放在茶館門外，自己走進茶館喝茶，順道休息一下。

突然間，茶館外有人大叫：「着火喇！着火喇！」樵夫往

外看去，只見自己那車柴「啪！啪！」的燃燒着。他嚇
得茶杯也沒有放下便衝出去，並順手把那杯茶水潑
到燃燒中的柴枝上去。可是，那杯水一點作用
也沒有，於是他跑進茶館，又拿一杯水出來
潑過去，可是柴枝仍是繼續燃燒着。他又
跑進去倒一杯水出來滅火。這樣的來來
回回，可是火還是越燒越烈，他眼睜
睜的看着柴枝燒成灰燼。

「杯水車薪」，是來自戰國時期的思想家<u>孟子</u>的一段話。

有一次，<u>孟子</u>的學生提出疑問：「有國君願意施行仁政嗎？」<u>孟子</u>答道：「仁，一定勝過不仁，就好比水一定能滅火一樣。可惜現在奉行仁道的人少得如杯水車薪，一杯水當然不可能滅火，但我們不能因一杯水不能滅火就斷定水不能滅火。如果那一小撮行仁的人也消失的話，他們也會變成殘暴不仁的人了。」

<u>孟子</u>堅持「仁一定勝不仁，水一定能滅火」，他帶着學生周遊列國幾十年，遊說國君以仁德治國，可惜生逢亂世，沒有國君採納他的意見。

| 釋義 | 杯水車薪──薪，柴草。意思是用一杯水去救一車着了火的柴草。比喻力量太小，不可能成功解決問題。 |
| --- | --- |
| 例句 | 爸爸鼓勵我捐出零用錢給地震的災民。他說，幾百元雖然少得如杯水車薪，若人人都捐出零用錢，就能積少成多，幫助災民。 |
| 故事出處 | 《孟子·告子上》 |
| 近義詞 | 無濟於事 |
| 反義詞 | 綽綽有餘 |

一毛不拔

在中國歷史上，春秋戰國是思想和文化最輝煌的時期。那時候，讀書人紛紛發表他們的學說而出現不同的學派。當時有一位思想家楊朱，他反對儒家的禮教，又反對墨家的兼愛。他提倡的「貴生重己」思想，曾被儒家的代表人物孟子批評。

所謂「貴生重己」，簡單來說，是強調個人生命的存在價值，反對他人侵奪自己，自己也不會侵犯別人。

　　有一次，墨子的學生禽滑釐問楊朱：「如果從你身上拔一根汗毛，就能使天下人得到好處，你願意做嗎？」

　　楊朱說：「天下人的問題，絕對不是一根汗毛能解決的。」

禽滑釐追問：「假如可以的話，你願意嗎？」

楊朱默不作聲。

又有一次，有人問孟子對楊朱的看法。孟子說：「楊朱主張『為我』，一切都是從自己的立場出發，即使是拔一根汗毛就能幫助天下人，他都一毛不拔。」

那人問孟子：「那麼，楊朱的思想和墨子的思想又有什麼不同？」

孟子答道：「墨子和楊朱恰恰相反。墨子提倡的是一種平等的『兼愛』，就算是頭頂變禿，腳跟走破，只要對天下有利，墨子都會奮不顧身地付出。」

| | |
|---|---|
| **釋義** | 一毛不拔——意思是一根汗毛也不肯拔掉。後形容為人非常吝嗇自私。 |
| **例句** | 李叔叔是個一毛不拔的吝嗇鬼。 |
| **故事出處** | 《孟子·盡心上》 |
| **近義詞** | 斤斤計較、錙銖必較 |
| **反義詞** | 揮金如土、慷慨解囊 |

自以為是

孟子引述孔子的話，批評那些外表誠實的好好先生，其實是搞亂道德的壞人。

萬章是孟子最為親近的弟子之一，他終身追隨孟子遊歷列國，遊說國君以仁德治國。有一次，萬章問孟子：「為什麼有些被大

家公認為忠厚老實的好好先生，孔夫子卻認為他們是敗壞道德的人呢？」

　　孟子答道：「是啊！有些人，你要說他不對嗎？你又說不出他到底哪裏做錯；你要指責他嗎？又似乎沒有什麼可以指責。」

　　萬章接着說：「對呀！既然抓不到他們的錯處，為什麼孔夫子這樣批評他們呢？」

孟子就解釋：「誠然，這些人圓滑世故，懂得隨波逐流，看上去似誠實，行為廉潔，的確得到他人喜歡。他也以為自己的想法和行為都是對的。可是，他這一切，都與堯、舜的道德標準相違背。所以說他們是賊害道德的人。」

孟子補充：「孔夫子說過，他討厭那些似是而非的東西；他厭惡野草，因為雜草會破壞農田的禾苗；他憎厭小人，因為怕他們把仁義搞亂；憎恨花言巧語，因為怕它破壞了正義；鄙視鄭國的靡靡之音①，因為怕它影響了優雅的音樂；嫌棄紫色，因為怕紫色搞亂了紅色；痛恨所謂的好好先生，因為怕他們有違道德。」

萬章：「夫子，明白了。」

孟子提醒萬章：「你要緊記，君子的一言一行，都必須回歸正道。返回正道，百姓就會振作起來；百姓振作起來，邪惡歪念才會消失。」

注釋
① 靡靡之音：頹廢淫蕩，令人喪志的音樂。

| 釋義 | 自以為是——認為自己的觀點和做法都正確，不接受他人意見。形容主觀，不虛心。 |
| 例句 | 待人處世，絕對不可以自以為是，否則，碰釘的只會是自己。 |
| 故事出處 | 《孟子‧盡心下》 |
| 近義詞 | 一意孤行、夜郎自大 |
| 反義詞 | 妄自菲薄、虛懷若谷 |

按兵不動

春秋時期，晉國大夫趙簡子①欲攻打衛國。他派史默②暗中往衛國觀察動靜，約定以一個月為期。

一個月後，史默卻一點消息也沒有。趙簡子等了又等，等了又等，足足等了六個月，史默才回到晉國來。趙簡子感到奇怪，便問史默：「你怎麼去了那麼久才回來呢？」史默回答：「你攻打衛國，目的是謀取利益，可是這隨時會招來禍害啊！」趙簡子皺一皺眉頭，沒有說話。史默繼續說道：「看來你還不明白衛國現在的情況吧！如今衛國由蘧伯玉當宰相，史鰍輔助衛國的君主。孔子正在

衞國作客，子貢亦得到衞國君主重用，衞國君主很信任他們。《易經》裏曾說『渙其羣，元吉』。『渙』是賢德的意思，『羣』是眾多意思，『元』是吉利的開始。『渙其羣，元吉』，是說衞國君主得到很多有賢德的人幫助。」趙簡子聽過史默的分析後，決定按兵不動，暫時打消攻打衞國的計劃。

這故事出自戰國時期的政治家，秦國丞相呂不韋召集門下食客編纂《呂氏春秋》的一篇文章。文章提出進行謀劃時，要以道義為原則。符合道義，決定就不會失當，名聲和實利就會跟着到來。賢明的君主，難道一定要以武力來定勝敗？明辨是非，得失榮辱就能確定。所以夏、商、周朝所尊崇的，就是賢德。

| | |
|---|---|
| **釋義** | 按兵不動──暫時停止行動。 |
| **例句** | 未清楚敵人的實力前，我們還是按兵不動較好。 |
| **故事出處** | 《呂氏春秋・恃君覽・召類》 |
| **近義詞** | 裹足不前 |
| **反義詞** | 雷厲風行 |

# 刻舟求劍

《呂氏春秋》的另一篇文章，透過故事提醒我們，做人不能一成不變。為政者要明白世事不斷變化，若不知改革變通，就無法治理國家。

戰國時期，有一個楚國人乘船渡江。他站在船頭，一邊享受着習習涼風，一邊開心地欣賞着岸上風景，還隨口唱起歌來。有

些乘客看着他這樣高興，也不期然的和他一起唱歌。

　　船到江中時，他一個不小心，隨身攜帶的寶劍「咚」
一聲從船上掉進水裏。

　　「噢！」有人叫起來。

　　但這楚國人看一看河面，不慌不忙的從口袋
裏拿出小刀，在船舷上刻了個記號。船家問他：
「你幹嘛刻那記號？」他答道：「我的劍是從
這裏掉到水裏的。」船家和船上眾人雖不明
白他為什麼這樣做，但也沒有追問下去。

船靠岸後，人人登上岸，那楚國人立即脫下衣服，噗通一聲便從刻了記號的位置跳進水裏，打撈掉下的寶劍，可惜找了半天仍然遍尋不獲。他滿心狐疑地自言自語：「我的劍明明是在這裏掉下去的，我還在這裏刻上記號，怎麼會找不到呢？」船家和在旁看熱鬧的人大笑起來，船家說道：「你在江心掉劍，卻在船上刻記號。船一直在前進，而你的寶劍早已沉入江底，不可能跟隨着船隻移動，你又怎可能找到你的劍呢？」旁邊的人也笑他這樣的尋找失劍方法，簡直是糊塗透頂。

**釋義**　刻舟求劍——劍掉到水中，在船舷上刻上記
號，待船停止後從刻記號的地方下水尋劍。
比喻拘泥成法，不知道隨着情勢的變化而改
變看法或做法。

**例句**　世事變化萬千，你老是用老方法解決問題，
猶如刻舟求劍，怎可能解決得到！

**故事出處**　《呂氏春秋‧慎大覽》

**近義詞**　墨守成規

**反義詞**　見機行事

# 日以繼夜

公元前 482 年，春秋後期，魯哀公和晉定公邀吳王夫差於黃池①會盟。魯、晉兩國在諸侯國中地位崇高，夫差覺得能與他們結盟，能提升吳國地位而大感興奮，於是調集全國精兵，向黃池出發。

**注釋**

① 黃池會盟：春秋時期，發生於公元前 482 年，魯國國主魯哀公和晉國國主晉定公在黃池與吳王夫差舉行的會盟。

② 姑蘇：今江蘇省蘇州

不料越王勾踐乘虛而入，突襲吳國國都姑蘇[②]，還殺了太子友。夫差大驚，齊集眾大夫商議後，決定趁中原諸侯仍不知道消息，先參加盟會。

　　為免夜長夢多，夫差率兵星夜向晉營出發。雞鳴時分，吳軍距離晉軍只有一里路，夫差親自擂鼓，吳軍吶喊之聲響徹天地，嚇得晉軍不敢應戰。晉定公派大夫董褐前往了解究竟。董褐問夫差：「兩國君主已商定撤兵修好，以中午為期，你們為什麼違反約定，突然來到我軍營外呢？」夫差直接回答：「盟會臨近，我日以繼夜地趕到晉

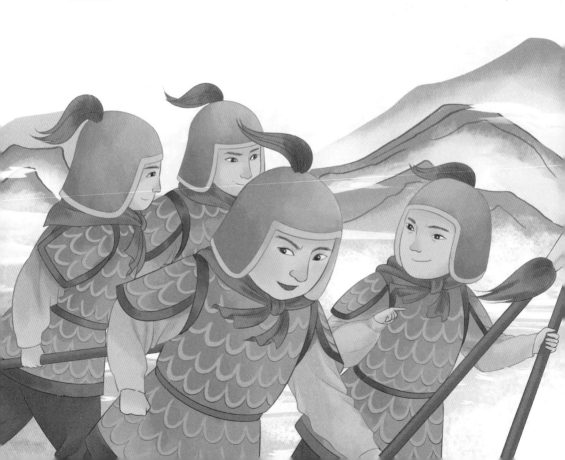

君這兒，就是要了解，我是屈服於晉君而被諸侯恥笑，抑或尊我為盟主。」

董褐回晉營覆命，向大夫趙鞅報告：「夫差面有憂色，輕者可能是寵妾或嫡子死了，或國內有叛亂，重者可能越國已攻入吳國。常言道人在絕境時是最凶惡的，不宜與他硬碰，不若先答應吳王當盟主，但必須先提出條件，不能白白答應吳王。」趙鞅同意。

董褐出營再與夫差談判：「若你答應放棄稱王，改稱自己為吳公，以尊重周室只有一個國君，晉國就願意尊你為盟主。」夫差同意了，便進入幕帳舉行會盟。夫差先歃血，獲尊為盟主。

黃池會盟後，夫差立即趕返吳國，可惜都城已失。夫差與勾踐議和。不過，吳國逐漸衰敗。公元前 473 年，勾踐滅掉吳國，夫差自殺殉國。

| | |
|---|---|
| 釋義 | 日以繼夜——意思是指晚上連着白天。形容日夜不停地進行某項活動。 |
| 例句 | 為了早日完成工程,他日以繼夜地工作。 |
| 故事出處 | 《國語·吳語》 |
| 近義詞 | 夜以繼晝、通宵達旦 |
| 反義詞 | 無所事事 |

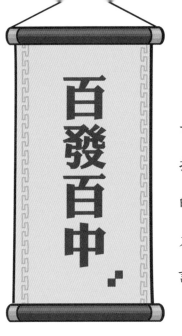

百發百中

蘇秦的弟弟蘇厲也是一名謀士，蘇厲聽說秦國將軍白起即將攻打魏國都城大梁，便趕緊參見東周的國君，提醒國君：「若白起攻陷大梁，東周便岌岌可危，君王你要設法制止啊！」

於是周天子派蘇厲往秦國，遊說白起。蘇厲先給白起講了一個楚

國神射手<u>養由基</u>的故事：

　　楚國有一位神箭手<u>養由基</u>，他在百步之遙射柳葉，仍可以百發百中。旁人都大聲喝采，稱讚他的射箭技術。此時，有一個路過的人卻說：「射得很好，我可以再教你射箭方法。」<u>養由基</u>聽後深深不忿，生氣地問：「人

人都說我射得好，你卻說可以教導我，不如你代我射箭！」
那路人說：「我當然不可以教你怎樣伸直左臂，屈起右手
的射箭本領，你今天射柳葉確是全部命中，可是你不懂得
在適當時間時休息，等一會你疲倦了，弓拉不開，箭桿偏
離目標，到時一箭也不能射中，豈不前功盡廢？」

　　說故事後，蘇厲突然把話題一轉，對白起說：「白將
軍你已擊敗韓、魏，殺了韓將犀武，向北攻陷趙國，奪取
藺、離石、祁者和公也，戰績彪炳。現在又率軍出戰，你
連年征戰，加上長途跋涉，萬一失利，將軍你過去的努力
和功勞豈不是全部白費？所以，將軍你不如稱病不出，不
去攻打大梁。』」

　　不過白起沒有被蘇厲的說話打動。他笑着說：「我所
向披靡，百戰百勝，怎會不能取勝呢？」蘇厲無功而回。

　　不久，白起率兵攻打魏國，果然大獲全勝，奪得魏國
幾十個城池。

| 釋義 | 百發百中——形容射箭或打槍，每次都命中目標。也比喻做事有充分把握，總能成功。 |
| 例句 | 他參加射槍比賽時百發百中，勇奪冠軍。 |
| 故事出處 | 《戰國策・西周》 |
| 近義詞 | 百步穿楊、箭無虛發 |
| 反義詞 | 無的放矢 |

# 兩敗俱傷

陳軫[①]本來是秦國官員，因與張儀爭寵失敗，改到楚國為官。公元前313年，楚懷王誤信張儀之言，與齊國斷絕邦交，齊國發兵攻打楚國。陳軫建議楚懷王把土地送給東邊的齊國，舒緩兩國關係，再和西邊的秦國建立邦交。

於是楚懷王派陳軫出使秦國。秦惠王內疚地對陳軫說：「你本來是寡人的老臣，可惜寡人忽略了

你，以致你投奔楚王。現在齊、楚交惡，互相攻伐，有人認為應該救援，亦有人認為不宜救援。你為楚國效忠之餘，也可以為我出一點主意嗎？」

　　陳軫說：「大王有聽說過吳國人到楚國做官的故事嗎？楚王很器重這位客卿，有一天，這位客卿生病，楚王派人去探病問候說：『是真的生病了嗎？抑或是思念吳國呢？』

注釋
①陳軫：又名田軫，戰國時期縱橫家。

左右侍臣回答：『不大清楚他是否思念故鄉，假如真是懷念故鄉的話，他就要唱吳國的民歌了。』現在我就為大王唱『吳歌』。」

陳軫又為秦惠王講了一個關於管與的故事。有兩隻老虎因爭食人肉而打起來，管莊子想刺殺這兩隻老虎，被管與制止。管莊子說道：「你為什麼阻止我殺老虎？」

管與答道：「老虎是貪婪殘暴的大蟲[2]，人肉是牠們的美食，現在兩隻老虎打個你死我活，小老虎定會被打死，但大老虎也會受傷。到時你只需花力氣殺那隻受傷的大老虎，就一舉獲得兩隻老虎了。」

陳軫說：「如今齊、楚兩國正在苦戰，到他們兩敗俱傷時，大王才發兵救援，既能獲得救齊的美名，又不會負上攻打楚國惡名。大王是否接納我的建議，就由大王定奪了。」秦惠王接納陳軫的建議，待韓魏鬥得兩敗俱傷時才出兵，果然獲勝。

注釋
② 大蟲：老虎的別稱。

| | |
|---|---|
| 釋義 | 兩敗俱傷——打鬥雙方都受到損傷，誰也沒有得到好處。 |
| 例句 | 為免兩敗俱傷，你倆平心靜氣地討論，想一個解決方法吧！ |
| 故事出處 | 《戰國策・秦策二》 |
| 近義詞 | 同歸於盡、玉石俱焚 |
| 反義詞 | 兩全其美 |

# 畫蛇添足

楚國柱國[1]昭陽率軍擊敗魏國後，又開始調兵遣將，準備攻打齊國。秦國使者陳軫剛在齊國，齊王請陳軫當說客，遊說昭陽退兵。

陳軫到楚國軍營，祝賀昭陽取得勝利外，並問昭陽：「為國殺敵立功，會獲得什麼賞賜？例如會晉

**注釋**
① 柱國：楚國最高武官職位
② 令尹：楚國最高官職，相當於宰相

升到什麼官職？」昭陽回應：「令尹②是最尊貴的了。」

　　陳軫乘機切入話題，為昭陽講了一個故事：

　　楚國有人拜祭祖先後，把一壺酒賞給來幫忙的人。但是人多酒少，不夠分給所有人喝。於是眾人商量：「不如我們在地上畫蛇，最快完成的人就喝這壺酒。」

　　眾人說：「好！」

於是，所有人便各自坐在地上，專心地畫蛇。不久，一個人最先完成，拿起酒壺準備飲酒。但他看到其他人還在努力地畫，於是左手拿着酒壺，右手又繼續畫蛇，並說道：「我給牠添上腳。」還沒有補畫完，另一個人完成了，便過來搶去他手中的酒壺，說：「蛇本來就沒有腳，你怎能為牠添上腳呢？」就把酒喝下。那個畫蛇添足的人，白白丟掉了一壺酒。

　　陳軫講完故事後續說：「你貴為楚國柱國，伐魏有功，已可升令尹。現在伐齊，還可以升到那個職位呢？你不懂得適可而止，隨時有殺身之禍，爵位也丟失，就好像畫蛇添足一樣。」昭陽聽後，認為陳軫說得很對，於是撤軍而去。

| 釋義 | 畫蛇添足——原意為畫蛇時給蛇添上腳。比喻做了多餘的事，反而把事情弄壞。也比喻虛構事實，無中生有，多此一舉。 |
| --- | --- |
| 例句 | 明明是好事，但因他畫蛇添足，反倒失敗了。 |
| 故事出處 | 《戰國策・齊策二》 |
| 近義詞 | 多此一舉、為蛇畫足 |
| 反義詞 | 畫龍點睛、恰到好處 |

# 扶老攜幼

戰國四公子①之一的齊國宗室大臣孟嘗君，為人慷慨，門下有食客②三千。其中一位叫馮諼（xuān，粵音圈）。馮諼不滿不被重視，一再彈劍唱歌，要求食有魚，出入有馬車乘坐。孟嘗君一一答應。

注釋
①戰國四公子：戰國末期，諸侯國的公子貴族禮賢下士，廣招賓客，擴大自己的勢力。較著名的有孟嘗君、平原君、信陵君、春申君。
②食客：春秋戰國時期寄住寄食於貴族公子家的人。

有一次，<u>孟嘗君</u>派<u>馮諼</u>到封地薛邑收債，<u>馮諼</u>自作主張地將借據全部燒掉，貧民開心得大讚<u>孟嘗君</u>仁義。<u>馮諼</u>回<u>齊國</u>覆命，<u>孟嘗君</u>雖然不悅，但也無可奈何地接受，便叫<u>馮諼</u>退下。

　　一年後，<u>孟嘗君</u>被<u>齊王</u>罷黜，返回<u>薛邑</u>。當地百姓扶老攜幼，出城百里，分站在路的兩旁列隊歡迎他。<u>孟嘗君</u>想到是<u>馮諼</u>當日為他做的好事。他回頭對<u>馮諼</u>說：「先生為我買的『仁義』，我今日看到了。」<u>馮諼</u>回應：「狡兔

有三窟，現在你只有一個洞穴，未能安枕無憂，臣願意為你再挖掘兩個洞穴。」

孟嘗君給馮諼五十輛車，五百斤黃金往魏國進行遊說。馮諼對魏王說：「齊國放逐了孟嘗君，哪個諸侯先得到他，就能富國強兵。」魏王果然派出使節，帶着千斤黃金和百輛馬車禮聘孟嘗君。已先趕返薛邑的馮諼對孟嘗君說：「千斤黃金、百輛馬車是非常隆重的使節，我們齊國一定瘋傳這件事了。」魏國使者接連拜訪孟嘗君三次，孟嘗君都推辭不就。

齊王得悉後，連忙派太傅帶着千斤黃金，兩乘四馬花車。一柄寶劍和他的親筆書函，向孟嘗君道歉，並請他回國執掌政務。馮諼又建議孟嘗君索取先王的祭器，在薛邑建宗廟。宗廟落成後，馮諼對孟嘗君說：「三個洞穴已造好，你可以安心了。」

| 釋義 | 扶老攜幼——指扶着老人，帶領着小孩。形容一家大小都出來了。 |
|---|---|
| 例句 | 大年初二的煙花活動，大批市民扶老攜幼站在維多利亞港兩岸欣賞，非常熱鬧。 |
| 故事出處 | 《戰國策·齊四》 |
| 近義詞 | 尊老愛幼 |
| 反義詞 | 形單影隻、單身隻影 |

# 狐假虎威

戰國時期，楚宣王聽說北方的百姓很害怕昭奚恤將軍，他覺得很奇怪，便問朝中大臣：「聽說北方的百姓都很害怕我們的昭奚恤將軍，你們可知是什麼原因？」大臣們都不知怎樣回答，其中一位大臣江乙給宣王講了一個故事：

從前有一隻老虎，牠每天都在森林裏獵食。有一天，牠又肚子餓了，便四處尋找獵物。當牠走到森林裏，忽然看到一隻狐狸，牠正想撲噬過去，那隻狐狸突然對老虎說：「你不敢吃掉我的，因為我是天帝派來掌管百獸的。如果你吃了我，就等於違反天帝的命令，一定會受到嚴厲懲罰。」

　　老虎說：「你小小一隻狐狸，竟然口出狂言！你憑什麼證明你是天帝派來掌管我們的？」

狐狸氣定神閒地說：「如果你不相信，你不妨跟我來，我走在前面，你跟在我後面，看看其他野獸看見我時是不是都嚇得魂飛魄散，抱頭四竄。」

　　老虎覺得這主意不錯，便順着狐狸的意思，走在狐狸的後面。牠們走了不久，便見到許多動物正在覓食，只見這些小動物看到牠們時都四散狂奔。老虎看到這種情形都害怕起來，只好任由狐狸離去。

　　其實老虎並不知道，小動物害怕的是牠而不是狐狸。狐狸只不過是狐假虎威，仗着老虎的威勢來威嚇小動物啊！

　　江乙講完這故事後對宣王說：「大王擁地五千里，又有百萬雄師，只不過因為兵權掌握在昭奚里將軍手上，北方百姓才害怕他。百姓真正畏懼的是大王的軍隊，就像那些動物害怕的是老虎一樣啊！」

| 釋義 | 狐假虎威——狐狸利用老虎的威風嚇跑其他野獸。比喻倚仗別人的威勢來恐嚇或欺壓他人。 |
| --- | --- |
| 例句 | 他仗着有人背後撐腰,就狐假虎威,四處欺壓他人。 |
| 故事出處 | 《戰國策·楚策一》 |
| 近義詞 | 仗勢欺人 |
| 反義詞 | 獨擅勝場、獨步天下 |

# 亡羊補牢

這個故事是記述楚國人<u>莊辛</u>鼓勵楚<u>頃襄王</u>，只要重新振作，仍然來得及復興楚國。

<u>頃襄王</u>是戰國時的楚國國君，可惜他沉迷享樂，寵信<u>州侯</u>、<u>夏侯</u>、<u>鄢陵君</u>、<u>壽陵君</u>等奸臣，不理朝政。大臣<u>莊辛</u>看不過眼，對<u>頃襄王</u>說：「大王，若你繼續寵信這些人，只顧與他們一起享樂，國家就要亡國了。」可是，

頃襄王認為天下太平，楚國
不會滅亡而沒有聽從勸諫。
莊辛請頃襄王批准他遷往
趙國居住。

　　果然不出莊辛所言，莊辛在趙國才
不過五個月，秦國就發兵攻打楚國，一舉攻
佔楚國國都郢都，頃襄王慌忙逃到城陽。這時
候頃襄王後悔沒有聽從莊辛的勸諫，於是派人去
趙國把莊辛請回來。他後悔地對莊辛說：「我當初
不應該不聽先生的話，現在事情發展到這地步，我應

該怎樣做呢？」

　　莊辛答道：「我曾聽說，就算見到兔子才放獵狗去追，仍可追得上，羊丟了才修補羊圈，亡羊補牢，也不會太遲。臣還聽過，從前商湯和周武王最初只是百里小國的諸侯，但商湯伐掉了夏桀，周武王滅掉紂王，商湯和周武王都能夠昌盛起來。大王現在還有方圓數百里的土地，只要大王決心振作起來，一定可以復國的。」

　　頃襄王聽後，立即封莊辛為陽陵君，並在莊辛的輔助下收復失地，重振楚國。

| 釋義 | 亡羊補牢——意思是羊逃跑了再去修補羊圈，還不算晚。比喻出了問題以後仍可以想辦法補救，避免以後繼續受損失。 |

| 例句 | 上學期的考試成績雖然不大理想，但亡羊補牢，未為晚也，只要重新努力，專心學習，一定能取得好成績。 |

| 故事出處 | 《戰國策・楚策四》 |

| 近義詞 | 知錯能改 |

| 反義詞 | 未雨綢繆、後悔莫及 |

驚弓之鳥

戰國末年，秦國的國力日漸強大，開始有吞併六國的野心。

一天，趙國使者魏加和楚國春申君討論有哪些人可以勝任抗秦主將。春申君說：「我想派臨武君當主將。」魏加只是搖着頭，一句話也沒有說。春申君知道魏加不同意，便問他原因。魏加想了一下，

說道：「請容許我先給你講一個故事，你就會明白的了。」

　　魏加說：「從前有個名叫更羸（léi，粵音雷）的神射手，有一次和魏王一起散步，在一高台上休息。天空突然飛過幾隻大雁。他對魏王說：『大王，我只要拉拉弓弦，一枝箭也不用，就可以把大雁射下來。』魏王大笑：『你雖是神射手，但有弓無箭，哪有可能射到大雁！』更羸說：『我試給你看。』過了一會，又有大雁從東方飛來，更羸舉起弓，拉一下弓弦，『嗖』的一聲，那隻大雁就應聲掉到地上。魏王大吃一驚，便說道：『想不到你真有這本領！』更羸說：『我不是有過人本領，只是這隻大雁受過箭傷。你留意到牠飛得很慢，叫聲悽涼嗎？飛得慢，是因為牠的傷口未愈，仍然在痛；牠未能跟上雁群，所以悲鳴。牠驚魂未定，突然又聽到弓弦的響聲，就嚇得拼命拍着翅膀高飛，一使勁，傷口又裂開，就掉下來了。』」

春申君聽得入神，還在思索故事內容時，魏加突然轉話題說道：「臨武君雖有抗秦經驗，但多是戰敗而回，最近一次也是吃了敗仗，看到秦軍時很可能像受過箭傷的雁一樣，怎可能讓他再領軍抗秦呢？」春申君覺得魏加所言有理，就沒有派臨武君當主將。

| 釋義 | 驚弓之鳥——比喻受過驚嚇或打擊的人,有少許動靜就會害怕。 |
| --- | --- |
| 例句 | 可憐的他有密室恐懼症,每次單獨在一個房間時,就會如驚弓之鳥般,動也不敢動。 |
| 故事出處 | 《戰國策・楚冊四》 |
| 近義詞 | 心有餘悸 |
| 反義詞 | 處之泰然 |

不遺餘力

公元前 260 年，秦國進攻趙國，於長平一役大敗趙軍，並包圍趙都邯鄲（hán dān，粵音寒丹）。這時候，秦國卻突然退兵回國，同時派使者到趙

國議和，條件是要趙國割出六個城池給秦國。趙孝成王準備答應秦國的條件。

虞卿勸阻孝成王，他說：「大王，你覺得秦國突然撤兵，是因為他們筋疲力竭而退兵？還是仍有能力進攻，只不過對大王仁慈而停止進攻呢？」

孝成王答道：「秦國是不遺餘力地攻打我們，他們一定是已精疲力竭才撤兵的。」

虞卿說：「對啊！秦國用盡全力攻打我們，目的是佔據我們的土地，結果因疲累而退兵，大王現在卻又把秦國

不能奪取的土地白白送給秦國，這就等於幫助秦國侵略自己啊！那麼，明年秦國再來攻打趙國的話，我們也許無法自救了。」

孝成王將虞卿的意見先後告訴了趙郝和一向主張秦趙交好的樓緩，兩人都認為應割地求和。虞卿得悉後一再入宮拜見孝成王，批評割地只會縱容秦國的無窮貪念，不斷強迫趙國割地，到時只會讓秦國越來越強大，趙國就更無力反抗了。與其割地給秦，不如將這六個城邑送給秦國的大敵齊國。齊、趙結盟，合力攻秦，到時，秦國定會送來大量貴重財物，向趙國求和。而韓、魏兩國聽到消息後，亦一定會向趙國示好。

孝成王覺得有道理，便派虞卿往齊國，與齊王商議攻打秦國的問題。果然，虞卿還未從齊國返趙，秦國已派使臣到趙國議和。

| 釋義 | 不遺餘力——把所有力量毫無保留使出來。 |
| --- | --- |
| 例句 | 上司吩咐的任務,他都不遺餘力地執行,完成任務。 |
| 故事出處 | 《戰國策・趙策三》 |
| 近義詞 | 盡心竭力、全力以赴 |
| 反義詞 | 敷衍了事 |

南轅北轍

　　戰國後期，一度稱雄天下的魏國國力已大不如前，不過安釐王仍準備出兵攻打趙國。奉命出使鄰國的謀臣季梁聽到這消息後大為震驚。他立即中途折返，回到首都後，來不及回家沐浴更衣，便蓬頭垢面的趕往王宮求見安釐王。

　　季梁說：「大王，臣聞得你將要討伐趙國，是有這回事嗎？」

　　安釐王答道：「正有這計劃。」

<u>季梁</u>要求<u>安釐王</u>容許他講一個故事：

　　從前有一個人準備往<u>楚國</u>。他乘坐着馬車朝北面趕路。
路上，他遇上一個朋友。那朋友問他：「你要去哪裏呀？」

　　他說：「我準備往<u>楚國</u>。」

那朋友大吃一驚，就問他：「楚國在南方，你為什麼往北走呢？」

　　他說：「我的馬兒跑得快，不愁到不了楚國。」

　　那朋友奇怪地問道：「馬兒雖好，但這不是往楚國的方向啊！」

　　他說：「我有足夠的旅費和乾糧，能用許多天，路遠一點也不要緊。」

　　那朋友說：「旅費、乾糧雖多，但這不是去楚國的方向啊！」

　　他又說：「不要緊，我的車夫技術高超，一定去得到的。」

　　那朋友沒好氣地說：「你有好馬、出色的車夫、旅費和乾糧越充足，反而會使你離開在南方的楚國更遙遠。」

　　<u>李梁</u>說故事後向安釐王說：「大王，成就霸業，須以誠信取得天下人的擁護。如果用武力攻伐他人，舉動越多，就越失信於天下，離成就霸業的目的就越遠。就好像那個準備往南方的楚國卻往北走的人一樣，南轅北轍，離目的越來越遠。」

| 釋義 | 南轅北轍——本來要往南方，卻駕車朝北方走。比喻行動與目的相反。 |
| --- | --- |
| 例句 | 既然我們的想法南轅北轍，看來是不可能合作的了。 |
| 故事出處 | 《戰國策·魏策四》 |
| 近義詞 | 背道而馳 |
| 反義詞 | 殊途同歸 |

# 一日千里

戰國末年，秦王政剷除丞相呂不韋和嫪毐後，開始親政。他採用李斯統一六國的策略，陸續吞併了韓、趙、魏、楚，秦軍漸漸迫近燕國。燕國太子丹憂心忡忡的向太傅鞠武求教。

鞠武向太子丹說：「有一位勇士田光，為人深謀遠慮，智勇兼備，不妨請他來商量對策。」

太子丹說：「太好了，煩請老師幫忙。」

鞠武請來田光，太子丹立即上前迎接，並親自將椅子抹拭乾淨，恭恭敬敬的請田光坐下。太子丹摒退左右，向田光說：「燕國和秦國勢不兩立，如今燕國勢危，懇請先生賜教。」

田光說：「我聽說駿馬良駒可以日跑千里，但年老力衰後，就算一匹劣馬也能跑贏牠。現在太子聽說的只是我年輕時的情況，卻不知道我已年老力衰，實在不敢再有什麼作為了。不過我有一個好朋友荊軻，相信他可以聽從太子差遣。」田光說完便站起來向外走去。

太子丹送田光到門口，並跟田光說：「剛才跟先生說的是國家大事，懇請先生守秘密。」田光笑着答應，便往找荊軻道明來意。荊軻答應後，田光說：「我臨走時，太子叮囑我不要把這事泄露出去。他是不信任我啊！希望你立即去見太子，並告訴他我已經死了，請他放心。」說完便自殺了。

荊軻往見太子丹，並轉告田光的話，太子丹聽後傷心不已。後來，荊軻往秦國刺殺秦王，可惜事敗。公元前222年，秦滅燕國。

| 釋義 | 一日千里——原形容馬跑得很快。後比喻進步神速或事業發展得很快。 |
| 例句 | 資訊科技發展一日千里，幾乎每天都有新發現。 |
| 故事出處 | 《史記·刺客列傳》 |
| 近義詞 | 突飛猛進 |
| 反義詞 | 停滯不前 |

# 附錄 主要人物介紹

孔子（公元前 551 － 前 479 年），名丘，字仲尼，春秋時期魯國陬邑（今山東曲阜）人。中國古代思想家、政治家、教育家，儒家學派創始人。他主張「有教無類」，後世尊稱他為「萬世師表」。

孔子年輕時已經以廣博的禮樂知識聞名於魯國。中年開始設壇講學。他偕同學生周遊列國，宣揚「仁」、「禮」的政治主張和個人品德培養，但始終未有從政者採納。晚年返魯，繼續教學，並整理《詩》、《書》，編纂《春秋》，傳述「六藝」。去世後，他的弟子及其再傳弟子把他的言行語錄和思想記錄下來，編成《論語》，至今仍被視為儒家的重要經典。儒家也成為中國最重要的思想流派。

孟子（公元前 372 － 前 289 年），姬姓，孟氏，名軻，字子輿（有說子車、子居），戰國時鄒國（今山東鄒城）人。古代思想家、哲學家、政治家、教育家。孟子繼承並發揚孔子的思想，後世尊稱他為「亞聖」，與孔子合稱為「孔孟」。

孟子幼年喪父，母親為給他良好的成長環境，曾三次遷居，「孟母三遷」成為傳頌至今的佳話。孟子學成後周遊列國，遊說國君「民為貴，君為輕」，以仁德治國的政治思想，但不為列國諸侯所用。晚年回國傳道授業，與弟子們一起將自己的思想著書立說，寫成《孟子》一書。

他提出性善論，認為人有惻忍之心、羞惡之心、辭讓之心和是非之心，是人之本性。

莊子（約公元前 369 － 前 286 年），名周，字子休，說子沐，約與孟子同時。戰國時期宋國蒙人，中國著名思想家、哲學家、文學家。道家學派代表人物，老子思想的繼承和發展者，後世將他和老子並稱「老莊」。

在政治上，莊子主張無為而治，即是以制度治國，以制度約束臣民，但不過分干預。遵循客觀規律，就可以做。

莊子的作品收錄於《莊子》一書。他善用寓言故事、一些或虛構或真實的對話，以精簡有趣的文字表達他的哲學思想。

**楊朱** 生卒年份有兩說：（約公元前 395 － 前 335，或約公元前 450 － 前 370）年，字子居，戰國時期魏國人（有說秦國人），中國著名思想家、哲學家。楊朱主張「貴己」，即一切以存我為貴，不要使他受到損害。從「貴己」出發，楊朱構建了另外兩個觀點：有生便有死，死者皆歸腐骨的「生死論」，以及「豐屋美服，厚味姣色，但不要貪得無厭的「全性保真」。

**夫差**（？－ 公元前 473 年），姬姓，吳王闔閭之子，春秋晚期吳國君主。吳王繼承王位初期，勵精圖治，任用伍子胥等賢臣，整頓軍隊，大敗越王勾踐。可惜在位後期任用奸臣，生活奢華，窮兵黷武，屢次北上與齊、晉兩國爭霸，令越王勾踐有機會乘虛而入，最後身死國破。

**勾踐**（？－ 公元前 464 年），又作句踐，春秋晚期越國君主。他即王位不久，被吳王夫差擊敗。求和後往吳國當奴僕三年，後獲釋放回國。勾踐誓要復仇滅吳。公元前 482 年，勾踐乘着夫差北上黃池會盟爭霸，牽軍攻入吳都姑蘇，殺吳太子。夫差返國後，被迫向勾踐求和。公元前 473 年，勾踐再攻吳，夫差求降不得而自殺。吳國滅亡。勾踐北上與齊、晉、宋、魯等諸侯會盟，經周元王正式承認為霸主。

**顏回**（公元前 521 － 前 481 年），字子淵，又稱顏子、顏淵。春秋魯國人，孔子七十二弟子之首，以德行聞名。為人聰敏好學，聞一知十，品行優越，可惜四十歲便去世 .

**子貢**（公元前 520 － 前 456 年），原名端木賜，字子貢。春秋末年衞國人。孔子七十二弟子之首，以善辯聞名。

**張儀**（？－ 公元前310年），姬姓，戰國時期魏國安邑（今山西運城萬榮）人，相傳為鬼谷子徒弟。戰國時期的政治家、外交家、縱橫家。他提倡連橫之策，即秦國聯合幾個諸侯國攻打其他諸侯國。張儀兩任秦相期間 , 分化合縱，蠶食列國領土，攻克巴蜀，使秦國最終一統天下奠定厚實基礎。

# 蘇秦（？－公元前284年）

己姓，蘇氏，字季子，東周雒邑（今河南洛陽東）人，相傳為鬼谷子徒弟。戰國時期政治家、外交家、縱橫家。蘇秦曾往秦國進行遊說，但失敗而歸。隨後得到燕文公賞識，出使趙國。蘇秦到趙國後，提出合縱六國抗秦政策，成功組成六國聯盟，任「縱約長」兼佩六國相印。使秦國15年不敢出函谷關。及後聯盟解散。

# 呂不韋（？－公元前235年）

姜姓，呂氏。戰國時期衛國濮陽（今河南市陽滑縣）人。初為商人，後來成為秦國丞相。

呂不韋曾招募天下遊士為他的食客。並授意食客編撰《呂氏春秋》，內容包含哲學、史學、政治、道德、天文、地理、農業等社會科學和自然科學，是戰國末期頗有影響和代表性的著作。

**春秋戰國成語有故事**

策　　　劃：小白楊出版社有限公司
作　　　者：蔡嘉亮
編輯成員：劉集民
插　　　圖：游菜籽
責任編輯：張斐然
美術設計：郭中文
出　　　版：新雅文化事業有限公司
　　　　　　香港英皇道 499 號北角工業大廈 18 樓
　　　　　　電話：(852) 2138 7998
　　　　　　傳真：(852) 2597 4003
　　　　　　網址：http://www.sunya.com.hk
　　　　　　電郵：marketing@sunya.com.hk
發　　　行：香港聯合書刊物流有限公司
　　　　　　香港荃灣德士古道 220-248 號荃灣工業中心 16 樓
電　　　話：(852) 2150 2100
傳　　　真：(852) 2407 3062
電　　　郵：info@suplogistics.com.hk
印　　　刷：美雅印刷製本有限公司
　　　　　　九龍觀塘榮業街 6 號海濱工業大廈 4 字樓 A 室
版　　　次：二〇二四年七月初版

ISBN: 978-962-08-8393-4